17 MAI 1867

Vente des 17 et 18 Mai 1867.

COLLECTION

DE

M. FERDINANDO MARSILI

CAMÉES & INTAILLES

BIJOUX

Exposition publique le Jeudi 16 Mai 1867

Mᵉ CHARLES PILLET, COMMISSAIRE-PRISEUR	M. CHARLES MANNHEIM, EXPERT

1867

CATALOGUE

DE

CAMÉES & INTAILLES

DE DIVERSES ÉPOQUES

Montés et non montés sur :
Sardoine, Sardonyx, Agate orientale, Calcédoine, Cornaline, etc.
Bijoux en or ; Épingles en or et Perles baroques.
Tabatières en or émaillé ;
Peintures sur émail ; Objets variés.

Composant la Collection de M. Ferdinando MARSILI.

ET DONT LA VENTE AURA LIEU

HOTEL DROUOT, SALLE N° 5

Les Vendredi 17 et Samedi 18 Mai 1867

A DEUX HEURES.

Par le ministère de Me **Charles PILLET**, Commissaire-Priseur,
rue de Choiseul, 11,
Assisté de M. **Charles MANNHEIM**, Expert, rue de la Paix, 10.
Chez lesquels se distribue le Catalogue.

EXPOSITION PUBLIQUE

Le Jeudi 16 Mai 1867, de une heure à cinq heures.

CONDITIONS DE LA VENTE

Elle sera faite au comptant.

Les adjudicataires payeront *cinq pour cent* en sus des enchères.

L'exposition mettant le public à même de se rendre compte de l'état des objets, il ne sera admis aucune réclamation une fois l'adjudication prononcée.

Paris. — Imprimerie de Pillet fils aîné, rue des Grands-Augustins, 5

DÉSIGNATION DES OBJETS

Camées et Intailles

1 — Sardonyx orientale à trois couches, camée.—Sainte Face. XVIe siècle. Bague d'or.

2 — Jaspe rouge, intaille. — Chasse au cerf. XVIe siècle. Bague.

3 — Agate à trois couches, camée. — Tête de femme, profil à gauche. Épingle d'or.

4 — Jaspe vert, intaille. — Tête d'homme et serpent fantastique ; au revers, inscription grecque. Cachet tournant, en or.

5 — Sardonyx à trois couches, intaille.— Terme priapique. Bague d'or antique.

6 — Grenat cabochon, intaille.— Satyre dansant, jouant de la flûte. Bague d'or.

7 — Nicolo. — Cheval marin et attributs divers. Bague d'or.

8 — Agate à deux couches, camée. — Tête laurée, profil à droite. Bague d'or.

9 — Cornaline, intaille. — Mercure assis et attributs. Bague d'or.

10 — Grenat, intaille. — Tête de guerrier casqué. Bague d'or.

11 — Plasma, intaille. — Deux figurines debout. Bague d'or.

12 — Cornaline, intaille. — Tète casquée, profil à droite. Cachet tournant, en or.

13 — Agate à deux couches, camée. — Tête de Mercure, profil à gauche. Bague d'or.

14 — Sardoine, intaille. — Pleureuse debout appuyée sur une urne. Cachet tournant, en or.

15 — Améthyste, intaille. — Tête d'homme, profil à gauche. Bague d'or, ornée de mascarons en relief.

16 — Sardoine orientale, scarabée. — Sur le plat, une figure d'amour attaché à une colonne et figurine debout. Bague tournante, en or.

17 — Sardoine barrée, intaille.—Guerrier nu, debout, tenant son casque. Bague d'or.

18 — Sardoine, intaille. — Victoire ailée debout. Bague d'or.

19 — Turquoise, camée. — Ganymède. Bague.

20 — Agate rubanée, intaille. — Figure d'homme debout, tenant une clef. Bague d'or.

21 — Nicolo. — Personnage debout. Bague d'or.

22 — Cornaline, intaille.—Figure d'amour assis. Bague d'or.

23 — Cornaline, intaille signée *Berini*. — Tête d'homme barbu, profil à droite. Cachet tournant, en or.

24 — Cornaline opaque, scarabée fragmenté. — Sur le plat, figure de satyre. Bague d'or.

25 — Cornaline, intaille. — Tête de Minerve. Bague d'or.

26 — Agate à deux couches, camée. — Nymphe piquée par un serpent. Bague d'or.

27 — Sardoine orientale, intaille. — Tête d'homme barbu, coiffé d'un turban. Bague d'or.

28 — Cornaline, intaille. — Sylène monté sur un âne. Bague d'or.

29 — Sardoine foncée, intaille. — Tête de femme, profil à gauche. Bague d'or.

30 — Cornaline, intaille. — Tête de Socrate, profil à droite. Cachet tournant, en or.

31 — Agate orientale, camée. — Tête de Gorgone. Bague d'or.

32 — Cornaline, intaille. — Tête de femme, profil à gauche. Bague d'or.

33 — Agate orientale, intaille. — Victoire ailée, casquée et debout. Bague d'or.

34 — Jaspe rouge, intaille. — Mercure debout. Bague d'or.

35 — Calcédoine, camée. — Tête de vierge, vue de face. Médaillon en or.

36 — Cornaline, intaille. — Pégase. Cachet Louis XV, en or.

37 — Agate orientale, intaille. — Tête d'Alexandre, profil à gauche. Bague d'or.

38 — Cornaline, intaille. — Tête de Pâris, profil à droite. Cachet tournant en or.

39 — Sardonyx à trois couches, camée. — Tête barbue, profil à droite. Bague d'or.

40 — Agate orientale blonde, intaille. — Tête de vierge. Bague d'or.

41 — Cornaline, intaille. — Tête de femme, profil à droite. Bague d'or.

42 — Agate à deux couches, camée. — Trois têtes accolées. Bague d'or.

43 — Nicolo. — Amour debout s'appuyant sur son arc. Bague d'or.

44 — Sardoine, intaille. — Figure debout. Bague d'or.

45 — Sardoine barrée, intaille. — Figure debout. Bague d'or.

46 — Nicolo. — Minerve debout, tenant une Victoire ailée. Bague d'or.

47 — Agate à deux couches, camée. — Groupe de deux figures. Bague. Cette pierre est fracturée dans le champ.

48 — Agate orientale blonde, intaille. — Adolescent jouant avec un chien. Bague d'or.

49 — Cornaline, intaille. — Tête barbue et laurée, profil à droite. Bague d'or.

50 — Matières diverses. — Bague d'or, ornée de cinq petites intailles sur diverses matières.

51 — Matières diverses. — Bague d'or, analogue à celle qui précède, mais plus grande.

52 — Cornaline, intaille. — Trois divinités. Bague d'or.

53 — Cornaline, intaille. — Mercure assis et Amour. Bague d'or.

54 — Cornaline, intaille. — Deux lutteurs. Cachet tournant.

55 — Agate orientale, intaille. — Tête d'Auguste, Bague,

56 — Agate orientale, intaille. — Buste d'empereur romain, profil à gauche. Bague d'or.

57 — Améthyste, intaille. — Figure d'Abondance debout. Bague.

58 — Jaspe vert foncé, intaille. — Cheval passant. Bague d'or.

59 — Plasma, intaille. — Jupiter et Léda. Bague d'or.

60 — Cornaline, intaille signée *Bérini*. — Napoléon Ier, profil à gauche. Médaillon tournant, en or.

61 — Sardoine, intaille. — Lion passant. Bague d'or.

62 — Agate orientale à deux couches, camée. — Tête de philosophe grec. Bague d'or.

63 — Cornaline, intaille. — Pâris, profil à droite. Cachet tournant, en or.

64 — Cornaline, intaille. — Saint personnage en adoration devant l'enfant Jésus. Bague.

65 — Jaspe rouge, intaille. — Deux têtes en regard. Bague.

66 — Cornaline à trois couches, intaille. — Deux personnages tirant une barque. Cachet tournant, en or.

67 — Agate à deux couches, deux camées accolés. — Tête d'homme et tête de femme. — Cachet tournant, en or.

68 — Sardoine, intaille. — Buste d'homme profil à gauche. Bague d'or.

69 — Agate orientale mamelonnée, intaille. — Buste de femme. Bague d'or.

70 — Agate orientale, intaille. — Apollon assis devant un temple. Bague d'or.

71 — Plasma, intaille. — Adolescent debout portant une corne d'abondance. Bague.

72 — Agate à deux couches, camée. — Tête de César. Bague d'or.

73 — Jaspe rouge, intaille. — Cheval passant tenant une palme et inscription : Asser. Bague d'or.

74 — Cornaline, intaille. — Tête d'Alexandre profil à gauche. Bague.

75 — Calcédoine, intaille. — Tête d'empereur romain. Cachet tournant en or.

76 — Grenat, camée. — Buste de femme. Bague d'or ouvrante.

77 — Calcédoine, camée du XVIe siècle. — Orphée. Bague d'or.

78 — Cornaline, scarabée. — Sur le plat, Pégase au galop. Cachet tournant en or.

79 — Agate orientale, intaille. — Tête d'Hercule. Bague d'or.

80 — Sardoine barrée, intaille. — Amphitrite. Bague d'or.

81 — Agate à deux couches, camée. — Tête de femme, profil à gauche. Bague.

82 — Calcédoine, intaille. — Chien en arrêt. Bague.

83 — Prime d'émeraude. intaille. — Minerve debout. Bague.

84 — Agate à quatre couches, camée. — Buste de bacchante, couronnée de pampres, profil à droite. Bague.

85 — Agate, camée. — Tête d'enfant. Bague.

86 — Sardoine barrée, intaille. — Guerrier nu casqué. Bague d'or.

87 — Cristal de roche, intaille. — Armoirie. Cachet tournant.

8 — Agate à deux couches, camée. — Tête de femme tournée vers la droite. Bague.

89 — Calcédoine, intaille. — Amour nu debout. Bague d'or.

90 — Cornaline, intaille. — Tête d'enfant, profil à droite. Bague.

91 — Sardoine rubanée, intaille. — Faunesse couronnant une urne. Bague

92 — Cornaline, intaille. — Tête d'homme profil à gauche. Bague.

93 — Nicolo. — Personnage debout. Bague.

94 — Plasma, intaille. — Berger debout. Bague.

95 — Cornaline, intaille. — Tête d'homme profil à gauche, très-finement gravée, Cachet tournant.

96 — Cornaline, intaille. — Deux aigles tenant une couronne. Bague en or.

97 — Agate, intaille. — Bacchanale. Bague.

98 — Nicolo. — Trois guerriers. Bague.

99 — Jaspe rouge à deux couches, camée. — Nymphe couchée. Bague d'or.

100 — Agate, intaille. — Cérès debout. Bague en or.

101 — Cornaline, intaille, signée : *Pickler*. — Buste de profil de l'empereur Alexandre de Russie, profil à gauche. Bague tournante en or.

102 — Cornaline, intaille. — Néron, tête laurée. Bague en or.

103 — Cornaline, intaille. — Minerve debout. Bague tournante.

104 — Agate, scarabée. — Sur le plat, guerrier blessé. Cachet tournant.

105 — Cornaline, intaille. — Figure de femme debout, tenant une corbeille de fruits (Pomone?). Bague en or.

106 — Plasma, intaille. — Minerve debout. Bague en or.

107 — Agate à deux couches, camée. — Buste de César. Grande bague en or.

108 — Cornaline, scarabée. — Bague en or.

109 — Agate rubanée, intaille. — Personnage se baignant. Cachet tournant.

110 — Sardonyx à deux couches, camée. — Tête d'homme barbu, profil à gauche. Bague.

111 — Cornaline, intaille. — Pâtre et son troupeau. Bague d'or.

112 — Agate à deux couches, camée. — Mascaron. Bague.

113 — Sardoine, camée. — Buste d'empereur romain. Bague d'or.

114 — Sardoine barrée, intaille. — Deux lutteurs. Bague tournante.

115 — Nicolo. — Adolescent debout. Bague d'or.

116 — Cornaline, intaille. — Minerve debout. Bague en or.

117 — Cornaline, intaille. — Lion passant. Bague en or.

118 — Agate à deux couches, intaille. — Tête laurée, profil à droite, avec tore de lauriers formant encadrement. Cachet tournant.

119 — Agate saphyrine, intaille. — Deux figures debout et inscription. Bague en or.

120 — Sardoine, intaille. — Tête d'homme barbue. Cette pièce est fracturée. Bague.

121 — Sardoine, intaille. — Buste de jeune guerrier très-finement gravé. Bague en or.

122 — Cristal de roche, intaille. — Tête d'homme, profil à droite. Bague en or.

123 — Cornaline, intaille. — Tête d'adolescent profil à droite. Bague tournante.

124 — Plasma, intaille. — Pâtre debout et son chien. Bague en or.

125 — Grenat cabochon, intaille. — Femme debout drapée, tenant une couronne.

126 — Agate à deux couches, camée. — Tête de femme, profil à droite. Bague en or.

127 — Deux nicolos montés en bagues.

128 — Agate orientale, intaille. — Sujet allégorique ayant trait à l'amour. Médaillon octogone.

129 — Agate à deux couches. — Têtes accolées. Bague en or.

130 — Jaspe à deux couches, camée. — Tête de nègre, tournée vers la droiter Bague.

131 — Grenat, intaille. — Amour debout. Bague.

132 — Agate à deux couches, camée. — Tête de satyre. Bague.

133 — Calcédoine à deux couches, camée. — Personnage passant. Bague en or.

134 — Onyx à trois couches, intaille. — Figure de femme debout. Bague.

135 — Calcédoine à deux couches, camée. — Buste d'enfant. Bague en or.

136 — Jaspe rouge, intaille. — Dragon ailé. Bague en or.

137 — Deux nicolos montés en bagues d'or.

138 — Agate à deux couches, camée. — Tête de jeune homme. Médaillon ovale.

139 — Cornaline, intaille. — Bélier debout. Bague en or.

140 — Jaspe agate à deux couches, camée. — Tête d'homme tournée vers la gauche. Bague.

141 — Agate orientale, intaille. — Tête de philosophe grec Bague.

142 — Agate à deux couches, camée. — Tête de Psyché ; couche blanche sur fond noir. Bague.

143 — Agate orientale, intaille. — Nymphe tenant un papillon. Bague.

144 — Agate à deux couches, camée. — Tête d'empereur romain. Bague.

145 — Topaze, intaille. — Figure de femme debout. Bague en or.

146 — Jaspe brun, intaille. — Femme à demi nue debout. Bague en or.

147 — Cornaline, intaille. — Tête d'adolescent. Bague.

148 — Cornaline, deux intailles. — Amour dansant et Mercure debout. Bagues.

149 — Agate sardonisée, intaille. — Femme debout tenant une branche de fleurs et amour debout. Cachet tournant.

150 — Cornaline, intaille. — Deux figures sur un lit de repos. Bague.

151 — Agate blonde, intaille. — Mercure debout. Bague.

152 — Agate à deux couches, camée.— Tête de femme, profil à droite. Bague en or.

153 — Agate à deux couches, camée. — Vénus et l'Amour. Bague en or.

154 — Agate à deux couches, camée. — Tête d'enfant vue de face. Bague.

155 — Cornaline, intaille. — Figure ailée debout. Bague tournante.

156 — Plasma; intaille. — Figure de femme debout Bague en or.

157 — Agate orientale, intaille. — Bacchus debout. Bague.

158 — Nicolo. — Minerve debout. Bague.

159 — Jaspe rouge, intaille. — Chenille et initiales. Bague.

160 — Cornaline, intaille. — Personnage assis tenant un serpent. Bague.

161 — Agate à deux couches, intaille. — Tête de Pâris. Cachet tournant.

162 — Agate orientale, camée. — Tête d'enfant. Bague en or.

163 — Agate à plusieurs couches, camée. — Têtes accolées d'Hercule et d'Omphale. Bague.

164 — Agate à deux couches, camée. — Tête d'homme, profil à droite. Bague.

165 — Agate à deux couches, camée. — Deux mascarons barbus surmontés d'un mufle de lion. Bague.

166 — Sardoine, intaille. — Colimaçon. Bague en or.

167 — Onyx à deux couches, camée. — Tête d'Hercule finement gravée. Bague.

168 — Sardoine, intaille. — Lion passant. Bague.

169 — Cornaline, intaille. — Femme nue assise. Bague.

170 — Agate orientale blonde, intaille. — Tête casquée. Bague.

171 — Plasma, intaille. — Victoire ailée. Bague.

172 — Plasma, intaille. — Figure nue assise. Bague.

173 — Fer, intaille. — Les trois Grâces. Cachet tournant.

174 — Sardonyx à trois couches, intaille.— Pégase au galop. Bague.

175 — Améthyste, intaille. — Tête d'homme barbue. Cachet tournant.

176 — Cornaline à plusieurs couches, camée. — Buste de femme tournée vers la gauche. Bague.

177 — Onyx à deux couches, camée. — Judith debout tenant la tête d'Holopherne. Bague.

178 — Cornaline, intaille. — Guerrier nu debout tenant son casque. Bague.

179 — Sardoine, intaille. — Tête d'adolescent. Bague.

180 — Agate orientale, intaille. — Guerrier debout. Bague.

181 — Agate orientale blonde, intaille. — Vase de fleurs et attributs divers. Bague.

182 — Nicolo. — Tête d'adolescent. Bague.

183 — Nicolo. — Figure debout. Bague.

184 — Onyx à deux couches, camée. — Tête de Vierge. Médaillon ovale.

185 — Sardoine, intaille. — Triton et naïades. Bague. La pierre est fracturée.

186 — Améthyste, camée. — Buste d'enfant. Epingle d'or.

187 — Agate à deux couches, camée. — Tête d'Alexandre. Bague.

188 — Agate orientale, intaille. — Groupe de truies. Bague.

189 — Jaspe sanguin, intaille. — Tête d'homme, vue de profil.

190 — Cornaline, intaille. — Deux guerriers debout. Bague.

191 — Cornaline, intaille. — Tête de Minerve. Bague.

192 — Agate à deux couches, camée. Tête laurée. — Bague.

193 — Sardoine, intaille. — Colonne cannelée et palme. Bague.

194 — Nicolo. — Enfant nu debout. Bague.

195 — Agate à trois couches, camée. — Tête de Lysimaque fragmentée. Épingle d'or.

196 — Agate à deux couches, camée. — Tête de femme, profil à gauche. Épingle d'or.

197 — Onyx à deux couches, camée. — Mascaron, tête de satyre. Épingle en or.

198 — Agate à deux couches, camée. — Tête d'Alexandre, profil à droite. Épingle en or.

199 — Corail, camée. — Tête de Gorgone. Épingle en or.

200 — Agate à trois couches, camée. — Tête de bacchante, profil à doite. Épingle en or.

201 — Topaze, camée. — Tête de bacchante, vue de face. Épingle en or.

202 — Calcédoine à deux couches, camée. — Tête de Mercure, profil à droite. Épingle en or.

203 — Agate à deux couches, camée. — Tête d'homme casquée. Épingle en or.

204 — Agate à trois couches, camée. — Vénus nue debout. Cette pierre est rapportée sur fond de cornaline. Épingle d'or.

205 — Agate à deux couches, camée. — Tête d'homme tournée vers la droite. Épingle en or.

206 — Agate à deux couches, camée. — Tête de Minerve tournée vers la gauche. Épingle en or.

207 — Agate à deux couches, camée. — Tête d'impératrice romaine, profil à gauche. Épingle en or.

208 — Agate orientale, intaille. — Jugement de Paris.

209 — Agate orientale, intaille. — Sainte Famille.

210 — Agate orientale. — Amulette chinoise formée d'un taureau couché.

211 — Agate orientale, intaille. — Neptune debout. Grand médaillon ovale.

212 — Agate orientale, intaille. — Judith debout tenant la tête d'Holopherne.

213 — Cornaline, intaille. — Tête d'Esculape et inscription grecque.

214-271. — Cent cinq camées sur diverses matières, représentant pour la plupart des bustes de femmes. Travail moderne. Ils seront vendus séparément.

272 — Calcédoine à deux couches, camée. — Sujet de personnages de style antique. Broche.

273 — Agate à deux couches, camée en haut relief. — Tête de Jupiter vue de face. Beau travail.

274 — Agate à deux couches, camée. — Frise de forme carré long, représentant un groupe de divinités de la fable.

275 — Aragonite, trois camées. — Amours dans diverses attitudes. Deux forment pendeloques et sont montés en or.

276 — Agate à deux couches, camée. — Tête de négresse se détachant en noir sur une couche blanche. Coiffure et collier garnis de roses.

277 — Agate de diverses nuances. — Ronde bosse. Figurine de femme nue assise ; près d'elle un chien couché.

278 — Serpentine. — Ronde bosse. Buste d'empereur romain. La chlamyde est en albâtre oriental.

Bijoux et Objets variés

279 — Grande broche formée d'une demi-armure, exécutée en perles baroques et or.

280 — Épingle de cravate, formée par une perle baroque montée en or.

281 — Autre épingle en forme de fruit, en perle baroque et feuillages émaillés vert.

282 — Épingle de cravate, formée par une perle baroque montée en or.

283 — Épingle formée par une perle baroque supportée par un animal fantastique en or dont les ailes sont émaillées noir.

284 — Autre épingle formée par une perle baroque montée en or et enrichie de roses.

285 — Épingle en forme de tortue en or, dont le corps est formé par une perle baroque.

286 — Épingle en forme de tête de chien en perle baroque, montée en or.

287 — Épingle formée par une cuirasse et une épée en or émaillé.

288 — Épingle formée par un trophée d'armes en or et perle baroque, enrichie de roses, de rubis et d'émeraudes.

289 — Épingle analogue à celle qui précède, enrichie de diamants, de rubis et d'émeraudes.

290 — Grande épingle de coiffure, formée d'une grosse perle

baroque simulant un groupe d'animaux et montée en or ciselé et émaillé à fleurs et feuillages.

291 — Tabatière de forme carrée à angles coupés, en or émaillé gros bleu et médaillon de personnages. — Sur le couvercle, une miniature finement peinte et signée *Albanesi*, représentant le portrait de Canova.

292 — Autre tabatière de forme carré long à angles arrondis, en or émaillé gros bleu et feuillages réservés en or gravé. — Le couvercle représente le sujet de la Vierge à la Chaise, d'après Raphaël.

293 — Boîte ovale en jaspe tigré, montée à gorge à charnière en or. — Le couvercle est enrichi d'une mosaïque de Florence incrustée, représentant la Coupe aux Colombes du Vatican.

294 — Montre Louis XVI en or, à répétition, offrant à l'extérieur deux portraits peints à l'huile.

295 — Boîte ronde en écaille, ornée d'un portrait de femme peint à l'huile.

296 — Boîte ronde en purpurine, montée à gorge en or. — Le couvercle est orné d'une mosaïque de Rome, représentant une colombe perchée sur un arbre.

297 — Médaillon rond peint sur émail et représentant la Bienfaisance.

298 — Médaillon ovale peint sur émail et sur or, représentant une scène de la vie de Henri IV. Cette pièce est enrichie de petites roses.

299 — Médaillon rond fond bleu, décoré d'un médaillon ovale peint à l'huile, représentant une fête villageoise.

300 — Émail de forme ronde, représentant la Vierge en prière. Il est monté dans un cadre formé d'une plaque de nacre de perle gravée.

301 — Peinture sur émail du temps de Louis XIII : la Vierge et l'Enfant Jésus.

302 — Peinture sur émail et sur or : Sainte Famille. Travail de Genève.

303 — Peinture sur émail de forme carré long : La Vierge et l'Enfant Jésus.

304 — Bénitier en cristal de roche, surmonté d'une croix de même matière et monté en cuivre doré.

305 — Médaillon ovale en cristal de roche, à fleurons découpés et à figure de saint personnage gravée en creux.

306 — Mosaïque de Rome de forme ronde, représentant un sujet de bataille : La prise de Capri. Au revers se trouve une longue inscription italienne gravée.

307 — Émail de Limoges. — Plaque de forme cintrée provenant d'un baiser de paix. Peinture en émaux de couleurs rehaussée d'or : Saint Jean en adoration. L'émail translucide du revers de la plaque permet de voir le poinçon de Pénicaud III.

308 — Buste d'homme en fer sur fût de colonne en bronze.

www.ingramcontent.com/pod-product-compliance
Ingram Content Group UK Ltd.
Pitfield, Milton Keynes, MK11 3LW, UK
UKHW020516180726
13839UKWH00005B/2133